UM AVÔ MUITO ESPECIAL
NA TERRA E NO CÉU

Editora Appris Ltda.
1.ª Edição - Copyright© 2023 do autor
Direitos de Edição Reservados à Editora Appris Ltda.

Nenhuma parte desta obra poderá ser utilizada indevidamente, sem estar de acordo com a Lei nº 9.610/98. Se incorreções forem encontradas, serão de exclusiva responsabilidade de seus organizadores. Foi realizado o Depósito Legal na Fundação Biblioteca Nacional, de acordo com as Leis nos 10.994, de 14/12/2004, e 12.192, de 14/01/2010.

Catalogação na Fonte
Elaborado por: Josefina A. S. Guedes
Bibliotecária CRB 9/870

N945a
2023
	Novo, Edir Bertuccelli
	    Um avô muito especial : na terra e no céu / Edir Bertuccelli Novo.
	    1. ed. Curitiba : Appris, 2023.
	    59 p. ; 21 cm.
	
	    ISBN 978-65-250-4432-3
	
	    1. Espiritismo. 2. Espiritualidade. 3. Reencarnação. 4. Almas Gêmeas. I. Título.
	
	    CDD – 133.9

Editora e Livraria Appris Ltda.
Av. Manoel Ribas, 2265 – Mercês
Curitiba/PR – CEP: 80810-002
Tel. (41) 3156 - 4731
www.editoraappris.com.br

Printed in Brazil
Impresso no Brasil

EDIR BERTUCCELLI NOVO

UM AVÔ MUITO ESPECIAL
NA TERRA E NO CÉU

FICHA TÉCNICA

EDITORIAL	Augusto V. de A. Coelho
	Sara C. de Andrade Coelho
COMITÊ EDITORIAL	Marli Caetano
	Andréa Barbosa Gouveia - UFPR
	Edmeire C. Pereira - UFPR
	Iraneide da Silva - UFC
	Jacques de Lima Ferreira - UP
SUPERVISOR DA PRODUÇÃO	Renata Cristina Lopes Miccelli
ASSESSORIA EDITORIAL	Priscila Oliveira da Luz
REVISÃO	Simone Ceré
	Alana Cabral
PRODUÇÃO EDITORIAL	William Rodrigues
DIAGRAMAÇÃO	Bruno Ferreira Nascimento
CAPA	Eneo Lage

A vida é mais bela do que se imagina.
Tudo depende do ângulo que se quer Ver, Ouvir, Sentir e Amar.

E por falar em Amor, vivo para Amar a Vida.

E por falar em Vida, a minha é repleta de Realizações,

E por falar em Realizações, as minhas são sempre cheias de Felicidades,

*E por falar em Felicidade, é com Ela e com Amor que dedico este trabalho a quem aqui na Terra foi meu Querido Avô **JOSÉ FERREIRA NOVO FILHO**, mesmo sem termos nos encontrado nesta Vida, pelo menos em carne e osso. Com toda certeza já fomos muito íntimos em vidas passadas ou até mesmo no Infinito dos Céus e hoje ainda podemos nos falar com o auxílio da Doutrina Espírita, intermediado pela médium **Maria Aurora Ignácio Ferreira**, que aqui na Terra foi sua Esposa.*

Mas antes de partir novamente para o seu encontro, olho para o céu e deslumbro-me pela inigualável sensação de estar sempre com Ele.

Com muito Carinho e Amor,

Edir Bertuccelli Novo

SUMÁRIO

INTRODUÇÃO AO ESPIRITISMO 9

INÍCIO NA VIDA TERRENA............................... 15

CHEGADA AO BRASIL 19

FASE ADULTA............................... 21

INÍCIO DA MEDIUNIDADE 25

PREVISÃO DE SUA PASSAGEM 29

PASSAGEM PARA A VIDA ETERNA............................... 31

AUSÊNCIA DO ESPÍRITO 45

APOSENTADORIA DA MÉDIUM 47

FALECIMENTO DA ESPÍRITA MARIA AURORA IGNÁCIO FERREIRA 49

AGRADECIMENTO AOS ESPÍRITOS 53

ENCERRAMENTO............................... 55

INTRODUÇÃO AO ESPIRITISMO[1]

---

[1] Texto extraído do site da Federação Espírita Brasileira (FEB). Disponível em: https://www.febnet.org.br/portal/.

Doutrina Espírita ou Espiritismo

O que é Espiritismo

É o conjunto de princípios e leis, revelados pelos Espíritos Superiores, contidos nas obras de Allan Kardec, que constituem a Codificação Espírita: *O Livro dos Espíritos, O Livro dos Médiuns, O Evangelho Segundo o Espiritismo, O Céu e o Inferno e a Gênese.*

É o Consolador prometido, que veio, no devido tempo, recordar e complementar o que Jesus ensinou, "restabelecendo todas as coisas no seu verdadeiro sentido", trazendo, assim, à Humanidade as bases reais para sua espiritualização.

O que revela

Revela conceitos novos e mais aprofundados a respeito de Deus, do Universo, dos Homens, dos Espíritos e das Leis que regem a Vida.

Revela, ainda, o que somos, de onde viemos, para onde vamos, qual o objetivo da existência terrena e qual a razão da dor e do sofrimento.

Qual a sua abrangência

Trazendo conceitos novos sobre o homem e tudo o que o cerca, o Espiritismo toca em todas as áreas do conhecimento, das atividades e do comportamento humanos.

Pode e deve ser estudado, analisando e praticando em todos os aspectos fundamentais da vida, tais como: científico, filosófico, religioso, ético, moral, educacional, social.

O que o Espiritismo ensina (pontos fundamentais):

Deus é a inteligência suprema e causa primária de todas as coisas. É eterno, imutável, imaterial, único, onipotente, soberanamente justo e bom.

O Universo é criação de Deus. Abrange todos os seres racionais e irracionais, animados e inanimados, materiais e imateriais.

Além do mundo corporal, habitação dos Espíritos encarnados (Homens), existe o mundo espiritual, habitação dos Espíritos desencarnados.

No Universo há outros mundos habitados, com seres de diferentes graus de evolução: iguais, mais evoluídos e menos evoluídos que os homens.

Todas as leis da Natureza são leis divinas, pois Deus é o seu autor. Abrangem tanto as leis físicas como as leis morais.

O homem é um Espírito encarnado em um corpo material. O perispírito é o corpo semimaterial que une o Espírito ao corpo material.

Os Espíritos são os seres inteligentes da criação. Constituem o mundo dos Espíritos, que preexiste e sobrevive a tudo.

Os Espíritos são criados simples e ignorantes, evoluem intelectual e moralmente, passando de uma ordem inferior para outra mais elevada, até a perfeição, onde gozam de inalterável felicidade.

Os Espíritos preservam sua individualidade, antes, durante e depois de cada encarnação.

Os Espíritos reencarnam tantas vezes quantas forem necessárias ao seu próprio aprimoramento.

Os Espíritos evoluem sempre. Em suas múltiplas existências corpóreas podem estacionar, mas nunca regridem. A rapidez do seu progresso, intelectual e moral, depende dos esforços que faça para chegar à perfeição.

Os Espíritos pertencem a diferentes ordens, conforme o grau de perfeição que tenham alcançado: Espíritos Puros, que atingiram a perfeição máxima; Bons Espíritos, nos quais o desejo do bem é o que predomina; Espíritos imperfeitos, caracterizados pela ignorância, pelo desejo do mal e pelas paixões inferiores.

As relações dos Espíritos com os homens são constantes, e sempre existiram. Os bons Espíritos nos atraem para o bem, nos sustentam nas provas da vida e nos ajudam a suportá-las com coragem e resignação. Os imperfeitos nos impelem para o mal.

Jesus é o guia e modelo para toda a Humanidade. E a Doutrina que ensinou e exemplificou é a expressão mais pura da Lei de Deus.

A moral do Cristo, contida no Evangelho, é o roteiro para a evolução segura de todos os homens, e a sua prática é a solução para todos os problemas humanos e o objetivo a ser atingido pela humanidade.

O homem tem o livre-arbítrio para agir, mas responde pelas consequências de suas ações.

A vida futura reserva aos homens penas e gozos compatíveis com o procedimento de respeito ou não à Lei de Deus.

A prece é um ato de adoração a Deus. Está na lei natural, e é o resultado de um sentimento inato do homem, assim como é inata a ideia da existência do Criador.

A prece torna melhor o homem. Aquele que ora com fervor e confiança se faz mais forte contra as tentações do mal e Deus lhe envia bons Espíritos para assisti-lo. É este um socorro que jamais se lhe recusa, quando pedido com sinceridade.

Prática Espírita

Toda a prática espírita é gratuita, dentro do princípio do Evangelho: "Dai de graça o que de graça recebestes".

A prática espírita é realizada sem nenhum culto exterior, dentro do princípio de que Deus deve ser adorado em espírito e verdade.

O Espiritismo não tem corpo sacerdotal e não adota e nem usa em suas reuniões e em suas práticas: paramentos, bebidas alcoólicas, incenso, fumo, altares, imagens, andores, velas, procissões, talismãs, amuletos, sacramentos, concessões de indulgência, horóscopos, cartomancia, pirâmides, cristais, búzios, rituais, ou quaisquer outras formas de culto exterior.

O Espiritismo não impõe os seus princípios. Convida os interessados em conhecê-lo a submeter os seus ensinos ao crivo da razão antes de aceitá-los.

A mediunidade, que permite a comunicação dos Espíritos com os homens, é um dom que muitas pessoas trazem consigo ao nascer, independentemente da diretriz doutrinária de vida que adotem.

Prática mediúnica espírita só é aquela que é exercida com base nos princípios da Doutrina Espírita e dentro da moral cristã.

O Espiritismo respeita todas as religiões, valoriza todos os esforços para a prática do bem, trabalha pela confraternização entre todos os homens independentemente de sua raça, cor, nacionalidade, crença ou nível cultural e social, e reconhece que "o verdadeiro homem de bem é o que cumpre a lei de justiça, de amor e de caridade, na sua maior pureza".

"Nascer, morrer, renascer, ainda, e progredir sempre, tal é a lei".

"Fé inabalável só é a que pode encarar frente a frente a razão, em todas as épocas da Humanidade".

"Fora da caridade não há salvação".

O Estudo das obras de Allan Kardec é fundamental para o correto conhecimento da Doutrina Espírita.

INÍCIO NA VIDA TERRENA

Meu avô paterno, **José Ferreira Novo Filho**, nasceu no dia 5/12/1901, em Quinta do Picado, Freguesia de Aradas, hoje simplesmente Aradas, comarca de Aveiro, Portugal, e viveu por lá até os seus 17 anos de idade.

Até os dias de hoje, Quinta do Picado é um complexo turístico que pertence a uma povoação rural a 6 km de Aveiro e 15 km das praias.

Quinta do Picado – Aradas – Aveiro

Importante porto marítimo no passado, Aveiro situa-se numa região de montanhas sulcadas por vales e férteis planícies lagunares (lago de barragem, formado de águas salgadas, por acumulação das águas do mar). Estas são banhadas pelo rio, formadas no século XVI em consequência do recuo do mar devido às grandes tempestades. Abrange 11 mil hectares, com quatro grandes canais que formam esteiros rodeando inúmeras ilhas e ilhotas.

A zona é rica em peixes e aves aquáticas e existem excelentes condições para a prática da pesca, tanto no rio como no mar. A caça é outra possibilidade e as grandes extensões de água prestam-se à prática de todo o gênero de desportos náuticos.

De todos os barcos que se podem ver na região, o *Moliceiro* é o mais elegante, de linhas perfeitas, cores vivas e decorado com motivos muitas vezes ingênuos e humorísticos.

Os apreciadores da boa mesa podem deliciar-se com enguias de caldeirada e de escabeche e caldeiradas de vários peixes do rio e do mar. Mas Aveiro é especialmente conhecida pela sua doçaria: os mais famosos são os ovos moles, feitos de gema de ovo açucarada e moldados em forma de peixes e de pequenos barris.

Em Aveiro, estudou somente o básico que chamamos de curso primário ou ensino fundamental. Em 1918, seus pais decidiram migrar para o Brasil, pois estava na época em que meu avô teria que se alistar para o Exército.

Naquela época, quase todos que se alistavam tinham que servir à Pátria, e seu país mandava os seus soldados para as colônias portuguesas no Continente Africano. Os soldados encontravam situações muito difíceis nessas colônias, além de ficarem distantes da família por todo o período em que cumpriam suas missões no Exército.

Decisão tomada, todos de acordo, prepararam algumas malas e embarcaram em um navio para o Brasil, que naquela época era a única forma de viagem.

CHEGADA AO BRASIL

Chegando ao Brasil com seus 17 anos de idade, seus pais alugaram uma casa térrea na Rua General Osório, na região central da cidade de São Paulo.

Com pouco dinheiro, não pôde continuar seus estudos, mas em pouco tempo conseguiu um emprego numa marcenaria, onde começou a aprender a arte de entalhar em madeiras. Suas habilidades com a profissão eram tantas que criava e esculpia desenhos nas madeiras de móveis, portas e portões em geral. Uma arte cada vez mais escassa nos dias atuais.

FASE ADULTA

Em 14 de julho de 1923 (na época, nesse dia era comemorada a Libertação dos Povos), casou-se com Maria Aurora Ignácio Ferreira, na Igreja Santa Efigênia, na capital de São Paulo.

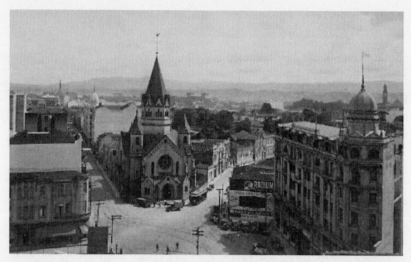

A partir de 1926, montou a sua própria marcenaria em sociedade com um amigo, também vindo de Portugal. Tudo começou muito bem, com muito trabalho e muitos clientes. Quando o negócio estava completando seus dois anos, conseguiram um trabalho para uma grande empresa. Era tudo que eles queriam. Com essa obra, iriam conseguir expandir a marcenaria.

Compraram toda a matéria-prima, fizeram alguns investimentos para poder dar conta da tal obra. No momento da entrega da mercadoria, um engenheiro fez uma "negociata" diretamente com o dono da obra e os passou para trás. Eles nunca imaginaram que aquilo pudesse acontecer.

O engenheiro sumiu e deixou muitas dívidas a serem saldadas. Meu avô conseguiu quitar todas elas e fechou a marcenaria. Restou para ele somente uma caminhonete e uma máquina de escrever.

Com a caminhonete, passou a comprar porcos, galinhas e outros animais na cidade de Santa Isabel e revendê-los na capital. Essa atividade não deu certo e ele ficou desempregado, até que foi convidado para ser motorista particular do Doutor Dario Ribeiro (Procurador do Brasil).

Após alguns anos sem ter aumento salarial, foi trabalhar também de motorista para o Doutor Roberto Alves de Almeida, que na época era Presidente do Jockey Club de São Paulo.

Como desportista, era um excelente nadador, porém nunca participou de nenhuma competição. Como hobby, algumas vezes participou em campeonatos de Bocha com amigos.

Era uma pessoa que onde estava irradiava alegria, contagiando todos com suas brincadeiras. Todos o admiravam.

Quando havia alguma desarmonia na família ou entre amigos, sempre o chamavam para mediar e encontrar uma solução para os problemas, pois todos tinham muito respeito por ele e por ser uma pessoa muito equilibrada.

INÍCIO DA MEDIUNIDADE

No início do ano de 1923, alguns meses antes do seu casamento, por um problema de perda parcial de visão do seu sogro, foi convidado para ir à casa de um senhor espírita. Ele precisava levar seu sogro, que mal conseguia andar sozinho, pois a visão dificultava para andar.

Estando lá, enquanto seu sogro passava por uma sessão de cura, outro médium solicitou que ele se aproximasse para receber um passe espiritual. Ao sair, esse médium pediu que ele retornasse na próxima semana e que viesse sozinho.

Depois que seu sogro esteve nessa sessão de cura uma única vez, aos poucos foi melhorando, a tal ponto que pode voltar a trabalhar, sem ter mais nenhuma dificuldade em enxergar. Seu trabalho exigia muito de sua visão, trabalhava com minúsculas peças e ferramentas oriundas da profissão de ourives e relojoeiro.

Assim que seu sogro já estava completamente curado, ele começou a ter frequentes dores de estômago. Como ele tinha acompanhado a cura de seu sogro, foi convencido por sua sogra a frequentar aquele Centro Espírita.

Tudo aconteceu muito rápido. Após algumas semanas, já estava sendo incorporado pela primeira vez pelo espírito de seu avô paterno, Pedro Ferreira Novo.

Passadas mais algumas semanas, foi a vez de ser incorporado pelo espírito de João Nunes Rafeiro, seu avô materno. Como num piscar de olhos, após seu casamento, outro espírito o incorporava, que, para surpresa de todos, era Gaspar de Souza Campos, que na terra foi médico e amigo da família.

A partir desse momento, quando já se sentia bem, sem as dores de estômago, seguro e dominava o segmento espírita, começou a dar passes espirituais em sua própria casa. Às vezes, alguém o chamava de madrugada e ele saía de sua própria casa para ir ver alguém que estava precisando de ajuda. Foi aí que começou também a realizar curas espirituais.

A primeira foi com uma menina que os médicos aqui da terra não sabiam exatamente o que ela tinha. Suspeitavam que era algo no estômago ou intestino.

Meu avô preparou-lhe uma medicação com um copo d'água e o poder dos fluidos de seus guias espirituais. Em pouco tempo ela ficou curada.

PREVISÃO DE SUA PASSAGEM

Quando completou seus 40 anos, em 1941, fez uma previsão:

— Eu fiz 40 anos de idade, mas não irei completar os 41.

Começou a ter muita tosse em virtude de entupimento da artéria aorta, e naquela época os médicos não tinham recursos para salvá-lo. Ele já sabia que estava aqui para cumprir com sua missão e ela já estava por terminar.

Dois meses antes de completar 41 anos de idade, no dia 12/10/1942, às 5h15, faleceu em seu lar, situado à Rua Conselheiro Pedro Luiz, 28, no bairro de Santana, capital de São Paulo.

Foi sepultado no Cemitério do Chora Menino.

Em 2001, se estivesse por aqui na terra, completaria um século de vida.

Talvez por coincidência ou por obra do destino, nasci no mesmo dia, mês, hora e minuto em que ele morrera e ainda fui morar na mesma residência. Meu nascimento ocorreu após 18 anos, no dia 12/10/1960 às 5h15.

A explicação para o meu nascimento ter ocorrido no mesmo dia, mês, hora e minuto em que ele faleceu você verá mais adiante num dos depoimentos que ele mesmo dá.

PASSAGEM PARA A VIDA ETERNA

Sua primeira manifestação aqui na terra após a sua passagem para o outro lado ou Vida Eterna se deu quase 2 anos depois, no início do ano de 1944, quando seu filho (José Ferreira Novo Netto, meu pai) foi convocado pelo Exército Brasileiro a se apresentar para a 2ª Grande Guerra Mundial.

Enquanto meu pai estava se apresentando, meu avô apareceu diante de minha avó e intuitivamente transmitiu que seu filho não tinha nada e que seria dispensado.

Quando meu pai chegou em casa, estava com uma fisionomia muito estranha. Comunicou à minha avó que estava dispensado, porém os médicos do Exército tinham diagnosticado um problema cardíaco.

Minha avó disse que já sabia que ele seria dispensado, porém teria recebido uma intuição de que ele não tinha nenhum problema. De qualquer forma, passou por alguns médicos que fizeram vários exames e não encontraram nada em seu coração.

Depoimentos como Espírito

"Todos os depoimentos do Espírito de José Ferreira Novo Filho estão na íntegra, sem nenhuma alteração e foram gravados por mim (conforme pré-autorizado por ele e pelos demais espíritos que também contribuiram) através de Médium Maria Aurora Ignacio Ferreira".

Quando eu disse: 40 eu faço, 41 não, essa irmã (Aurora) não gostou não, viu! Mas eu tinha que preveni-la.

Eu tinha cumprido toda a minha missão; era minha hora chegada...

Quando comecei sofrendo do coração, vendo que era o fim, essa irmã (Aurora) ficava triste e eu não queria falar certas coisas porque ela chorava escondido. O coração é uma coisa...

Já estava prevenindo todos para a minha passagem para o outro lado. Eu já estava sabendo que todo sofrimento que eu tive já era o começo do fim... (ou o fim de um novo começo!?...).

—Você sofreu quando morreu ou foi uma passagem tranquila?

Eu sofri e não sofri!

Eu sofria quando me dava aqueles... não sei como se diz, me dava... uma tosse; punha um pouquinho de sangue, mas na hora mesmo eu tive muita aflição.

Essa irmã (Aurora) estava pensando agora, um dia... A minha mãe me agarrou assim como a Santa Mãe pegava Jesus Cristo. Eu não conseguia ficar para trás, deitado, por causa da aflição, eu me sentava, ela me colocava para trás porque sabia que era mais direito se eu deixasse esse mundo estando deitado...

Mas foi só essa afliçãozinha; depois passei...

Quando eu saí do meu corpo, a primeira coisa que eu fiz foi agarrar as mãos dessa irmã (Aurora). Pergunta como ela sentiu as suas mãos? Minhas mãos incharam muito, as mãos dela incharam também, pergunta a ela...

Aurora disse que se sentou na cama ao lado de seu marido e que teve a sensação de estar com as mãos muito inchadas, tão grandes como eram as dele.

E foi uma tristeza durante aqueles dias, né, filho, o irmão sabe que quando a gente está na matéria não é tão rápido assim que se deixa o amor; né, filho...

Nós vivíamos com muito amor, com minha mãe também, com meu pai, todos nós nos dávamos muito bem...

Até que um dia Deus me ajudou; os irmãos me confortaram...

A primeira vez, já como espírito, eu vim numa prima, num centro espírita. Essa irmã não padeceu muito; ela estava satisfeita por me ver, me escutar e saber que eu estava bem; mas não conversei com ela não; fiquei meio comovido...

Depois daquele dia fui vivendo melhor... Ela não esquecia nunca; todo dia lembrava.

Um dia, Flexa Dourada (espírito de um caboclo, que um amigo recebia num centro que frequentávamos) falou para ela: Irmã Aurora, esquece um pouco o seu companheiro. Não pode estar sempre com o pensamento nele, que você tira o sossego dele.

Foi passando o tempo e graças a Deus, ela está satisfeita e eu também. Ela está muito satisfeita porque sabe que eu não sofro. Eu ajudo as pessoas que precisam, conforme Deus permite.

— Você pode explicar, mais ou menos como funciona a passagem daqui da terra para o Céu? Como é a sensação disso?

A passagem, é quase sempre... meio dormindo, mas há pessoas que não querem ir, elas ficam segurando e dá muita aflição...

Agora; eu sabia, eu estava meio assim... meio tonto, meio aflito, mas eu já sabia...

Eu só pedia calma a essa irmã (Aurora), a minha mãe, e que o irmão (espírito) viesse me buscar.

— E algum irmão especial veio te buscar?

Foi um irmão de muita luz; de Muuuita Luz...

Eu vi um claro luminoso... e ele me agarrou nos braços e me levou, graças a Deus...

— Podemos saber o nome dele?

Não sei dizer o seu nome... É um irmão que nunca mais veio neste mundo, né, filho.

— E você não vai retornar mais a esse mundo?

Como homem não... mas como espírito tenho muita caridade que praticar... Pra depois subir, porque o meu guia (João Nunes Rafeiro, seu avô materno em vida terrena) não vem mais nesse mundo... Ele disse que ia tirar umas férias, foi e nunca mais voltou, e está lá trabalhando com a graça de Deus... e é assim a nossa vida... sempre dedicando a Deus por todos.

— Quando vai chegando a hora da morte, algum espírito se aproxima para preparar para a passagem?

Sim! O irmão nunca escutou falar de pessoas dizerem que eu estou vendo fulano, eu estou vendo sicrano. Dizem que ele está variando! Não é variando não! Ele está vendo sim... E feliz daquele que tem o espírito iluminado que o vem buscar... Que aí ele já vai sendo instruído pra sua missão.

— E você já era uma pessoa evoluída aqui na terra?

Graças a Deus! Eu tinha todo conhecimento...

— E esse espírito lhe acompanha para algum lugar específico?

Ele me dá força quando eu peço.

— Eu gostaria de saber na passagem?

Aaah! Que eu sei, veio apenas me buscar, era uma luz... como se fosse uma pedra brilhante, uma luz resplandecente, coisa luminosa mesmo, com a graça de Deus, eu mereci.

— Ele leva e você fica vagando no céu?

É!...

— Por muito tempo?

Não, eu fiquei algum tempo até me acostumar com a separação... Até ir passando aquela mágoa, aquela paixão, mas depois logo me habituei...

— Mas quando você se habitua, tem algum espírito que se aproxima e o leva para uma escola?

Ah! Eles instruem muito, na escola se aprende muito... e esses irmãos acompanham a gente, mostrando as coisas, fazendo ver isto, fazendo ver aquilo, como se deve proceder. Eles são uma coisa amorosa, uma coisa fora do real.

— E depois, quando preparado você pode se manifestar?

Precisamos ser bem instruídos para ser bem recebidos e para ter um comportamento como se deve ser.

— E quando você está aqui (incorporado), você sabe se pode responder às perguntas ou alguém te avisa?

Não! Eu sei quando eu posso falar ou não, temos avisos. Às vezes há muita coisa que as pessoas dizem que ele não sabe nada, não fala!

Não é permitido, não pode falar!

— Como um espírito se materializa para que um ser vivo possa enxergá-lo?

Não!... isso é uma coisa espiritual esquisita, porque o espírito se transforma naquilo que ele quer... Agora é preciso ver se ele tem a permissão...

Não sei se o irmão sabe que tem espíritos que se transformam em animais? Tem espírito que amedronta as pessoas... então, isso não é permitido... porque fazer uma coisa dessas é muito feio, só espírito maligno, do mal...

Os irmãos de bem, se eles têm permissão, vêm como se estivessem com roupa; como veio aqui a minha mãezinha outro dia. Então ele pede licença: eu posso aparecer para fulano; ele vem...

— Mas isso não é difícil? Quando vocês têm permissão?

Não... e para ter permissão é preciso pedir, é preciso ter condição, é preciso ser evoluído...

— Quando eu tinha 4 anos de idade, você apareceu diante de mim, de cartola, de bengala, de terno, muito elegante...

É que isso tinha sido em outra encarnação, né, filho (risos...), eu usei cartola em outra encarnação.

Eu, por enquanto, para essa irmã (Aurora) eu só apareci em espírito... Agora essa outra irmã (Nadir) parece que me viu em pessoa. Não é, minha irmã Nadir?

— Vi sim, faz muitos anos...

Eu me vi duas vezes, uma com a irmã Nadir e outra em sonho. No sonho eu tinha um terno branco, brilhante, muito bonito, estava muito elegante, passeando com ela (Aurora) (risos...).

Ah! Como ela ficou contente... ela estava louca de saudades... matou a saudade, graças a Deus...

Um dia eu vou aparecer para você também (Edir).

— Então aquela aparição foi um resgate de vida passada?

Era de vida passada...

— Você pode falar sobre vida passada?

Por enquanto eu não sei nada... por enquanto não...

Ah! Espere...

... Eu fui um homem rico, muito rico...

Deixa-me ver alguma coisa!...

Tinha carruagens... muito lacaio (serviçal, empregado) me ajudando..., mas eu era um homem bom, não maltratava os meus empregados...

Mas ficou uma coisa que eu tinha que pagar nesse mundo. Eu não soltava muito o meu dinheiro, eu pagava bem, mas não era de fazer muita caridade, porque eu achava que as pessoas abusavam...

Nadir – Então por isso que nessa última passagem pela terra você veio e sofreu tanto com a falta de dinheiro?

Eu sofri por causa disso, porque tinha pessoas que tinham fome... eu dizia: coitadinho, ele encontra em outro lugar, ele vai lá no vizinho, encontra; mas não devia ser assim...

—Mas nos dias de hoje é complicado ajudar a todos que pedem?

É!... hoje é mais vagabundice, eles acostumam... e esses irmãos vão sofrer mais tarde, porque se aproveitam dos outros.

Não pode não... que atrás de quem pede, ninguém corre...

Se aqui lhe negaram, ali adiante ele encontra...

Agora! A minha bondade faltou muito nisso. Mas eu era estimado, eu era muito estimado, assim como nessa terra eu fui muito querido pelos meus parentes, meus amigos, eu não fazia mal a ninguém, não prejudicava nem com uma palavra, queria a todos, eu tinha muito amor, graças a Deus...

—Você pode explicar como funciona no céu, a hierarquia? As coisas são parecidas como aqui na terra?

No céu, tem tudo nos seus lugares, é mais ou menos assim... é mais ou menos, mas é mais organizado. Tem os seus lugares que vai subindo, vai subindo, vai subindo...

Como aqui tem na escola, os seus apartamentos (estágios), vai indo um mais adiantado do que outros... é assim...

—Como é a visão? Aqui vemos asfalto...

Lá em cima é coisa maravilhosa, quando é permitido se vê só flores, só anjinhos, só crianças, é tudo amor, tudo flor, tudo perfume, é coisa maravilhosa...

— No espaço não existe grandes distâncias e nem tempo longo, não é?

Não! Ali é o pensamento... por isso precisamos levar as coisas muito a sério, muito correto, porque o pensamento é rápido...

—Você pode dar alguma notícia sobre a sua irmã Sílvia, que nunca se manifestou conosco depois de sua passagem?

Ah! Minha irmã Sílvia, ela está bem... mas não teve coragem de aparecer... a irmã Nadir já pediu outro dia...

— Por que ela nunca se manifestou?

Ela era outra bondade! Era muito boazinha..., mas qualquer dia ela vem... eu vou fazer o possível de entrar em contato com ela. É que às vezes os irmãos escolhem uma zona; ficam separados uns dos outros, e se habituam ali; mas qualquer hora eu vou dar um jeito de ver se ela aparece, matar a saudade desses irmãos...

— Diz que ela será muito bem recebida!

— E ela também não voltará mais a esse mundo?

É... qualquer dia que meu irmão estiver, vamos ver se será possível fazer com que ela venha; em nome de Deus...

Hoje ela não vem não...

— Pode nos falar o que você faz hoje em termos de caridade?

Hoje, em nome de Deus, eu peço ajuda aos meus irmãos... que estão arruinados por maldade humana... porque eu sofri muito com isso e peço a Deus para poder ajudá-los... porque tem irmãos que estão "coitadinhos" como eu era, necessitados, carentes para prosseguir na sua vida e a maldade humana, os atrapalha... leva tudo; deixa os irmãos na miséria; isso me dói muito e o maior cargo que eu peço a Deus é praticar essa caridade; a menos que sejam outras pequenas coisas que eu possa fazer, eu faço! Eu gosto de praticar a caridade; mesmo que os irmãos não entendam; eu faço!

— Você se lembra de alguma caridade que tenha praticado aqui na terra?

Ah! Espera, irmão...

Há uma caridade que naquele instante foi muito grande... A minha irmã Sílvia (irmã também em vida terrena) teve o nenê, e o peito dela ficou uma bola, lustroso...

Aaah, que coisa horrível! Ela tomava os passes espirituais e lavava com a água fluida. Quando um dia o nenê estava mamando, abriu um buraquinho pequenininho... e espirrou na cama toda aquela "porcaria".

Para a irmã, foi uma grande caridade. O irmão pensou a dor que ela estava sentindo!

Essa foi minha caridade (espiritual) com meu irmão médico (na terra era o Dr. Gaspar, médico da família, e quando foi para o lado espiritual, continuou a praticar sua caridade pelo segmento da medicina).

— As suas curas sempre foram com água fluida?

Sempre com água fluida e passes; somente.

— Nesse dia, quando o espírito de meu avô ia subir, eu tentei dizer: Agradeço; e mal terminei de soletrar a palavra, ele me interrompeu instantaneamente e rebateu:

Não tem nada o que agradecer; eu só queria ajudar muito, mas...

... e ele finalizou...

Que a benção do Senhor esteja na sua cabeça, que o nosso amor seja sempre assim, famílias unidas, com a graça de Deus...

Que a sua luz bendita, meu Pai, esteja no lar desse meu irmão, para que ele prossiga sempre com fé, amor e caridade.

Apesar do espírito de meu avô ter dito que iria procurar no espaço pela sua irmã Sílvia e tentaria convencê-la a se manifestar através do corpo de minha avó Aurora num outro dia, tivemos uma grande e emocionada surpresa.

Assim que ele se foi, o espírito de minha tia Sílvia se manifestou, angustiado e muito emocionado:

... Perdoa se me emociono..., mas eu não queria vir muito tempo antes por causa disso. Mas Deus me deu essa força e eu me sinto muito feliz, que essas lágrimas sejam de ouro para que cubram meus irmãos sempre, por suas fés benditas, lhes dando o prazer de viver os seus dias de provação, não esquecendo de que Deus existe, não esquecendo que um dia teremos a felicidade de nos encontrar...

Estou muito feliz, meus queridos irmãos, muito feliz... feliz de ver minha irmã Nadir! Quanto que ela nos ajudou; como éramos amigas, minha querida irmã! Como nos amávamos!

— Continuou suas palavras contempladas de muita emoção, tanta que nos transmitia junto com sua fala o choro do começo ao fim.

Ao finalizar sua passagem, disse:

Então eu vou embora, irmão; está completa a sua força de querer que eu viesse... Deus cumpriu aquilo que vós desejáveis. Os irmãos pediram com amor e ELE consentiu e então eu vou na paz de Deus e que a paz de Deus fique com todos vocês e que assim seja.

Em outro dia, meu avô se manifestou novamente e continuamos...

— Você pode me explicar por que eu nasci no mesmo dia, mês, hora e minuto que você faleceu?

Para me dar essa satisfação!

Roguei a Deus por isso!

Eu já te queria bem lá daquele lado, então Deus me fez essa caridade, esse favor, esse benefício para o meu coração espiritual.

— E quando eu estava do outro lado, você pode contar o que nós fazíamos juntos?

Não! Eu sei que nós éramos muito íntimos, e esse amor já vem de lá.

Por enquanto eu não digo nada, talvez algum dia...

— E do meu irmão Edenir que nasceu no mesmo dia, mês que essa irmã, que aqui na terra foi sua companheira? Foi você também que desejou isso?

Não! Isso foi uma casualidade; eles eram amigos lá em cima; ele lá já cutucava ela sempre.

— E veio para a terra para continuar cutucando!

Então disseram: vai lá acabar de cutucar (risos)...

Ela já está ficando velhinha, mas você vai viver lá com ela. Lá você vai continuar essa sua satisfação de continuar sempre cutucando...

E ele veio tão bonitinho... parecia uma bonequinha, pequenininho e agora está um brutão; meninão...

— E depois de tudo que essa irmã (Aurora) sofreu do coração; que ela queria ir embora; pedindo sempre para ir embora desse mundo, ela recebeu esse presente?

Graças a Deus! Foi um presentão!

Foi muita satisfação!

Ela não ficou aborrecida porque era o seu aniversário, ela não via a hora de ver ele lá no hospital. Ela junto com você...

— Depois de muitos anos recebendo passes espirituais, recebendo a caridade divina, eu tinha a curiosidade de saber quem era o espírito mentor que minha avó Aurora recebia, até porque ele nunca havia dito o seu nome.

Algumas vezes perguntei e ele ou mudava o rumo da conversa ou dizia que não tinha permissão para falar.

No primeiro dia do ano de 2002, fiz novamente a pergunta:

— Sei que já fiz algumas vezes essa pergunta, mas é que o ser humano é um tanto curioso e eu não fujo a regra.

— Se for permitido, gostaria muito de saber o seu nome?

O mentor espiritual de minha avó Aurora suspirou, deu uma pausa, encheu o pulmão e emocionado disse:

Sou João Nunes Rafeiro... (avô materno de meu avô José Ferreira em vida terrena e depois foi seu mentor espiritual).

— Que surpresa! Que presente de primeiro de ano!

— Quer dizer que depois de ser o mentor espiritual de meu avô, com o falecimento dele, você passou a ser o mentor espiritual da minha avó?

Isso mesmo.

— Quando um ser que está no espaço tem que retornar à terra, é para resgatar o que não cumpriu?

Isso!

— Nesse retorno ele pode escolher em que lugar e família quer vir?

Se Deus o permitir, terá o lugar que quiser, porque em primeiro lugar está Deus.

— Reencarnamos tantas vezes forem necessárias para chegar num grau de evolução. É assim que funciona?

Em cada vez que ele melhora, em cada reencarnação, aí ele terá um retorno melhor na terra. E cada vez vai melhorando até a evolução que será a última encarnação.

— Como é avaliada a evolução terrena de cada ser?

Ela é avaliada por Deus de todo jeito, porque ele praticando a caridade, se for mau, quando estiver lá em cima, tem que melhorar os seus pensamentos, praticar a caridade e desencarnado ajudar os espíritos e os irmãos da terra. Então é a evolução que vem vindo, e ele retornando à terra, se for merecido, tem que continuar melhorando, para depois quando ele volta, ou seja, a última, tem que voltar mais uns aninhos.

Tudo é marcado no livro de nosso Pai, conforme a condição do seu viver, conforme o seu procedimento.

— Às vezes tem alguns espíritos que mesmo não precisando retornar, alguém superior pede para que ele volte para a terra para ajudar os irmãos daqui.

Às vezes é o espírito mesmo que quer voltar, ele diz: eu quero ajudar fulano e, se Deus permitir, ele vem.

— Por que tem seres que depois de desencarnados ficam anos, décadas e até séculos vagando no espaço, sem saber até que morreram?

Porque eles não querem ouvir os espíritos do bem. Eles nunca aprenderam o caminho e não querem saber. Muitos se escondem, não querem saber em seguir essa estrada de amor. Então eles ficam por aí penando e muitas vezes maltratando os irmãos da terra.

— Na verdade, eles sabem que já morreram?

Não querem seguir!

Uns têm medo, outros não querem saber de espíritos.

— Isso significa que quem acredita no espiritismo, é mais fácil a sua passagem?

Sim! É o vosso caminho...

— Um ser que exercia uma profissão aqui na terra, como um médico, um padre, continua a utilizar-se de seus conhecimentos para ajudar os irmãos aqui da terra?

Não! Quando eles desencarnam, estão com a sua profissão. Agora, quando aceitam o conselho dos irmãos iluminados, uns logo acreditam do outro lado que estão e ficam satisfeitos, outros não querem saber, acham que são poderosos... Não é assim, não. Poderoso é Deus.

— O homem vive destruindo muito das coisas que Deus criou e hoje estão começando a clonar animais e discutem a clonagem humana. O que você nos diz a respeito?

Esses homens amam a imagem de barro, não querem saber que os Santos são espíritos.

— Deus não aceita isso?

É! Mas são cabeça-dura de irmão da terra. Eles continuam assim. Estão sabendo que não é possível ver e fazer as coisas que Deus criou e estão sempre naquilo. É triste ver há quantos anos eles vivem assim desse jeito.

AUSÊNCIA DO ESPÍRITO

Por volta de 2003, o espírito de José Ferreira Novo Filho não se manifestou mais.

Com a ausência sentida depois de algum tempo, perguntei ao espírito de João Nunes Rafeiro por que ele nunca mais se pronunciou.

E ele me respondeu assim:

É, irmão, tudo que fazemos tem suas consequências... Ele fez uma coisa muito errada, não poderia fazer... Ele interferiu na sua trajetória de vida...

— Como assim?

Sua trajetória profissional estava para terminar na empresa e ele não permitiu que isso acontecesse naquele momento. Ele retardou por mais de um ano sua demissão na empresa, e com isso foi penalizado em não poder mais ter contato aqui na terra com vocês.

Sabe aquele ditado que diz: o que aqui se faz aqui se paga? Assim como na terra, aqui também se aplica.

Sabemos que ele não fez por mal, fez isso por amor a você, mas não se pode interferir na trajetória de alguém, mudando o que já está traçado. Tudo tem que acontecer conforme está escrito.

— E ele nunca mais vai poder se manifestar conosco?

O que ele fez foi muito grave perante nosso Pai. Nunca podemos falar que é para sempre, mas não sabemos quando e se poderá se manifestar. Essa é a ordem agora. Nosso Pai sabe e saberá o que fazer sempre para o bem comum.

Fiquei muito triste com essa notícia, mas só veio confirmar o amor que ele tem por mim. Mais um motivo para eu retribuir registrando essa história em livro até que um dia eu possa, se Deus permitir, encontrar com ele como espírito.

APOSENTADORIA DA MÉDIUM

Em meados de 2003, logo que minha avó incorporou, o guia disse que precisava informar uma determinação vinda dos superiores.

Ficamos apreensivos e perguntei:

— O que aconteceu?

Fique tranquilo, meu irmão, não aconteceu nada de grave, mas infelizmente essa irmãzinha não poderá mais receber os guias, fazer caridades. Ela já ajudou muita gente e agora é hora de descansar, pois já está velhinha e é perigoso para a saúde dela. Hoje será o último dia que vocês receberão essa benção de caridade e amor.

Mais um dia triste, pois eu gostava muito dos passes, das águas fluidas e das palavras que recebíamos dos guias de muita luz. Sem contar que muitas vezes recebíamos surpresas de entes queridos que se manifestavam por intermédio dessa eterna e querida médium, minha avó.

O que podemos fazer é guardar tudo que passamos dentro da gente com carinho e gratidão.

FALECIMENTO DA ESPÍRITA

MARIA AURORA IGNÁCIO FERREIRA

Em 12 de julho de 2008, a um mês para completar 104 anos, minha querida avó Maria Aurora Inácio Ferreira faleceu. Minha mentora espiritual aqui na terra, que tanto fez por mim nos momentos de dor e aflição, com palavras sempre de apoio, esperança, carinho e com água fluida beneficiada pelos espíritos de muita luz que ela recebia.

É uma carência que faz muita falta, mas temos que aceitar e entender que faz parte do processo de evolução e de vida. Na manhã desse dia, ela estava deitada, fraquinha, com o coração batendo bem devagar, mas estava consciente e bem.

Algo ou alguém fez com que eu fosse até a casa da minha mãe, que era quem cuidava dela, e falei:

— Vamos comigo no mercado, preciso comprar algumas coisas.

Minha mãe perguntou:

— Aurora, você está bem? Posso sair com o Edir?

Ela respondeu:

— Pode sim, Nadir, estou bem. Vou ficar aqui quietinha.

Na volta do mercado, percebemos que ela continuava igual e eu falei:

— Mãe, vamos comigo no shopping que preciso comprar um celular.

Minha mãe fez a mesma pergunta a minha avó e recebeu a mesma resposta.

Fomos, e quando estava voltando, recebi um telefonema do meu pai que não tinha o hábito de me ligar e disse: "volta logo que sua avó não está bem".

Acelerei o máximo que pude para chegar rápido, mas falei para minha mãe no caminho: "ela faleceu", e minha mãe respondeu que também tinha a mesma sensação.

Chegamos em casa e realmente ela tinha partido.

Quem sabe se juntar com seu grande amor, José Ferreira Novo Filho, que teve uma vida muito curta e deixou minha avó, que sempre dizia que casamento é um só para vida toda.

Infelizmente, nos dias atuais não é bem assim.

AGREDECIMENTO AOS ESPÍRITOS

Agradeço do fundo do coração a colaboração de todos os espíritos que contribuíram de forma direta ou indiretamente para a confecção deste livro.

A seguir, relaciono alguns que se manifestaram de alguma forma e que também fizeram e ainda fazem parte da minha convivência, por intermédio da minha avó e médium Maria Aurora Ignácio Ferreira, e que ainda convivem com a principal figura, objetivo deste livro, meu querido avô José Ferreira Novo Filho.

Espíritos	Relação com José Ferreira Novo Filho
Pedro Ferreira Novo	Avô paterno. Após sua morte, foi o primeiro Mentor Espiritual. Atualmente não se manifesta mais conosco, pois está num plano superior.
João Nunes Rafeiro	Avô materno. Foi o segundo Mentor Espiritual. Atualmente, passou a ser o Mentor Espiritual de minha avó Aurora.
Dr. Gaspar de Souza Campos	Médico da família e o terceiro Mentor Espiritual. Atualmente num plano superior.
Isabel Nunes Rafeiro	Mãe
Silvia Ferreira Muniz	Irmã e parceira em muitas caridades.
Dr. Vicente Scanoni	Médico da família na terra e hoje pelo lado espiritual.
"Ireninha" Irene	Filha

ENCERRAMENTO

— Gostaria que você deixasse uma mensagem de encerramento aos irmãos que lerem este livro:

Ai... meu Deus!!!

Irmãos de Paz e Amor no seu Coração,
Seguir essa Luz que vos ilumina,
Seguir os conselhos que vêm do alto para lhes abrir a inteligência.

Ajudai aqueles que vos pedem,
Ajudai aqueles que estão sofrendo ao seguir o caminho da Luz.

Cada Irmão que deixa esse mundo,
Deve sempre ser iluminado para que não volte atrás.

Seguir essa Luz sempre,
Cada vez ela seja mais clara,
Até um dia chegar aos pés de Nosso Pai,
Que ele receberá com Amor.

Praticai a caridade sempre,
Que cada caridade será uma pequena luzinha aumentada no seu espírito.

Sempre com Amor,
Que essa caridade nunca será esquecida.

Continuai...

Ajudai os irmãos que vos pedem,

Com qualquer coisa que seja,

Um pedacinho de Pão,

Uma palavra Amiga,

É o consolo que fica escrito no livro do Senhor.

Às vezes, uma palavra é a mesma coisa que dar um pedaço de pão para matar a sua fome.

Aquele irmão se sente aliviado pelo Amor,

Pela caridade que se esteja fazendo com tanta Fé.

Então é preciso que os irmãos sigam, nunca desviando dessa Luz que está a vossa frente, nunca olhando para o lado, sempre para frente, porque às vezes do lado há alguma coisa que quer vos atrapalhar.

Então olhando para frente,
Seguir sempre esse caminho iluminado, para que um dia essa Luz cresça e vos cubra por completo em nome de Deus.

Que a Paz esteja com todos!

Que essa Paz nunca vos abandone!

Porque ela vem do alto em nome de Deus.

Muito Satisfeito

José Ferreira Novo Filho